MAGNUS